Attention !

Afin de respecter l'œuvre et son auteur,
ce volume est présenté dans son sens de lecture original.
Vous êtes ici à la fin du volume.
Commencez par la dernière page
et lisez les bulles de droite à gauche.

Scénario et dessin
Kaho Miyasaka

Traduction
Xavière Daumarie

Adaptation graphique
Dyn@mita

Lettering
Silvia Callea

KARE FIRST LOVE 6
ISBN : 2-84538-671-0

Un ouvrage
GÉNÉRATION COMICS/PANINI FRANCE S.A.

Commercialisation et relations média :
PANINI FRANCE S.A.
Z.I. SECTEUR D - B.P. 62
06702 SAINT-LAURENT-DU-VAR CEDEX
www.paninicomics.com
Tél. 04 92 12 57 57 / Fax 04 92 12 57 58

Dépôt légal : avril 2006. GÉNÉRATION COMICS est une marque déposée par PANINI FRANCE S.A.
Impression : Grafica Veneta, Trebaseleghe (PD).
Imprimé en Italie/Printed in Italy.
Third edition/Troisième édition

NOUVEAUTÉS

GÉNÉRATION COMICS

PANINI COMICS
www.paninicomics.com

AVRIL 2006

KARE FIRST LOVE 6
Kaho Miyasaka

MERU PURI 4
Matsuri Hino

DARLING 2
Yuki Yoshihara

VENUS WA KATAOMOI 3
Yuki Nakaji

ANGEL HEART 13
Tsukasa Hojo

CITY HUNTER 4
Tsukasa Hojo

SHIGURUI 2
Takayuki Yamaguchi

EDEN 12
Hiroki Endo

LONE WOLF AND CUB 13
Kazuo Koike • Goseki Kojima

AVANT-PREMIÈRE GÉNÉRATION COMICS PANINI COMICS www.paninicomics.com

WHISTLE ! 1 & 2 ➤ 192 pages • 6,80 € • à partir de mai • en librairie seulement

Mordu de football, le petit **Sho Kazamatsuri** est prêt à tout pour poursuivre son rêve ! Inscrit dans l'établissement le plus prestigieux de sa région, tant au niveau sportif que scolaire, il se retrouve relégué au rang de remplaçant ! Pour conserver ses chances de jouer, il intègre Sakurajosui, un collège peu réputé pour le foot. Hélas, ses débuts dans son nouveau club lui réservent de bien mauvaises surprises ! La route sera longue et semée d'embûches, mais rien n'arrêtera Sho !!

NE RÉPONDS PAS !
AUJOURD'HUI, JE NE VEUX PAS QUE TU RENTRES.
À SUIVRE...

Ce temps que nous passons à nous amuser comme des enfants me remplit le cœur de joie…
BRRRRRR
BRRRRRR
BRRRRRR
AH…
PM9:00
KARINO (MAISON)
0312345678
Maman ? Quelle horreur, il est déjà cette heure-là !!
QU'EST-CE QUE JE VAIS FAIRE …?
…
BRRRRR

Après une si terrible dispute…
… c'est comme s'il ne s'était rien passé.
C'est étrange…
CE ROSE !
C'EST DU VERNIS À ONGLES. JE SUIS SÛR QU'IL T'IRAIT BIEN.
Comment pouvons-nous être aussi naturels ?
OUBLIE ÇA, MES ONGLES SONT TROP MOCHES !
Je ne les soigne pas bien..
JE VAIS TE LES FAIRE, DONNE !
PAS… PAS QUES-TION !
C'EST QUOI, ÇA…?
C'est quoi ?
UN SMILEY !

BUM
BUM
ET...
ET SI ON EN ACHETAIT UNE PAIRE ASSORTIE ?
OK !
ÇA NE PASSE PAS !
TU AS DE TROP GROS DOIGTS, KIRIYA !
ÉCRASE !
ÇA NE FAIT RIEN, JE FERAI COMME ÇA.

C'EST JOLI !
C'EST UNE PAIRE.
TU VEUX L'ES-SAYER ?
SALE
PAS À CE DOIGT-LÀ ! À CELUI-CI !

PFF !
Hi ! Hi !
TU ES VRAIMENT UN ROMANTIQUE, TOI !
Banane !
IL N'Y A PAS DE QUOI RIRE !
TOC
TU AS ENFIN RI NORMALE-MENT.

COMME ÇA, ON VA POUVOIR PRENDRE PLEIN DE PHOTOS DE NOUS DEUX AUJOURD'HUI !
JE L'AI ACHETÉ PENDANT QUE TU TE CHAN-GEAIS !
QU... QUOI ?
PAS SEULEMENT AUJOURD'HUI ! JE VEUX COMPENSER LES ANNÉES OÙ ON NE SE CONNAISSAIT PAS ENCORE ...
... ET FIXER SUR LA PELLICULE TOUS NOS SOUVENIRS À PARTIR DE MAINTENANT.

TU ES TOUTE MIMI !
Tu as aussi changé ta coif-fure !
FLASH
MERCI DE VOTRE VISITE !
?

MAIS...
TU VAS PRENDRE FROID !
ÇA CRAINT DE TRAÎNER EN UNIFORME À CETTE HEURE-CI.
ET SI ON REFAISAIT NOTRE PREMIER RENDEZ-VOUS ?
HEIN ?
AH !
TU AS ESSAYÉ LE MANTEAU ?

CETTE FILLE, CE N'EST PAS CELLE DE LA PUB ?
HEIN ?
...
FWAP

GRAB
C'EST COMME ÇA QUE LES COUPLES SE DONNENT LA MAIN.♥
Que oui !
...

QUOI QUE TU ME DISES, JE NE PEUX M'EMPÊCHER DE T'AIMER..
PARDON... JE NE SUIS QU'UN IDIOT...
IL FAUT QU'ON PARLE PLUS, D'ACCORD ?
J'AI L'IMPRESSION QU'ON NE COMMUNIQUE PAS ASSEZ...

CE N'EST PAS JUSTE...
... SI TU ME DIS ÇA, JE NE POURRAI PLUS JAMAIS TE QUITTER !

MAIS...
... JE N'ARRIVE PAS À ME PASSER DE TOI.
QUAND ON EST SÉPARÉS, JE NE PENSE QU'À TOI...
OÙ QUE J'AILLE, JE FINIS TOUJOURS PAR TE TROUVER.
QUAND TU ME DIS DE NE PAS M'OCCUPER DE TOI, ÇA ME DONNE ENCORE PLUS ENVIE DE RESTER À TES CÔTÉS.
JE N'ARRIVE PAS À T'ÉLOIGNER DE MES PENSÉES...
QU'EST-CE QUE JE DOIS FAIRE ?
AIDE-MOI...

TU ES FATIGUÉ, NON ? TOUT ÇA, C'EST GALÈRE POUR TOI, NON ? CONTINUER À SORTIR ENSEMBLE EN SE FORÇANT N'A AUCUN SENS ! JE NE VEUX PAS DE CE GENRE DE RELATION !
NE T'OCCUPE PLUS DE MOI !
HUH ...
FLASH
Ah...

FWAP
AT...
LÂCHE-MOI !
DISCUTONS !
IL FAUT QU'ON PARLE !
POURQUOI ?
QU'EST-CE QUE TU ES VENU FAIRE ?
NOUS N'AVONS RIEN À NOUS DIRE !

HUFF
HUFF
JE TE CHERCHAIS ...
... ET J'AI ENTENDU UN PIANO, ALORS, JE ME SUIS DIT QUE C'ÉTAIT PEUT-ÊTRE TOI...
J'AVAIS VU JUSTE...

Rien...?
KARIN !

Rien...
... n'avait
de sens ?

PLIC

Si je le fatigue...
... ça n'a aucun sens qu'on reste ensemble.
TAK
TIIIIN

Je ne sais pas non plus où je veux aller…
Je ne sais pas comment réagir aux paroles de Kiriya…
… mais je ne veux pas qu'il me déteste.
Au final, quoi que je fasse, je passe mon temps à lui causer du souci.
Mieux vaudrait rompre que de forcer Kiriya à prononcer ces paroles…

APPELS REÇUS
1. AOI KIRIYA
2. AOI KIRIYA
3. NANRI AYASE
4. AOI KIRIYA
5. AOI KIRIYA
6. AOI KIRIYA
MENU
ILS DOIVENT TOUS ÊTRE INQUIETS ...
Je ne peux pas décrocher ...
Mais je ne sais pas comment me comporter avec Kiriya.
"Je suis fatigué..."

Où
es-tu ?!

Karin !
HEIN ? TOI NON PLUS, TU NE L'AS PAS VUE DE LA JOURNÉE ?!
IL N'Y A ENCORE PERSONNE CHEZ ELLE.
TU ES ALLÉ À SON ÉCOLE DE PRÉPA ?
IL N'Y A PAS COURS AUJOUR-D'HUI, C'EST FÉRIÉ.
ALORS, C'ÉTAIT BIEN KARINO DANS LE BUS ?!
Ça ne me dit rien...
KARIN
LE NUMÉRO QUE VOUS AVEZ DEMANDÉ N'EST PAS DISPONIBLE POUR LE MOMENT...

FONCE PAS COMME UN MALADE, OK ?
ÇA IRA !
KIRIYA !
LA BINOCLARDE T'AIME SINCÈREMENT.
JE TE LE GARANTIS.
OUI...
JE LE SAIS.

JE SUIS CONTENT QUE TU SOIS CHEZ TOI ! J'AI ESSAYÉ DE TE JOINDRE SUR TON PORTABLE MAIS J'Y ARRIVAIS PAS.
ÉCOUTE...
QU'EST-CE QUI S'EST PASSÉ AVEC LA FILLE DE TOUT À L'HEURE ? RASSURE-MOI, VOUS NE L'AVEZ PAS FAIT...
TOORU !
PRÊTE-MOI TA BÉCANE !
HEIN ?
JE VEUX ALLER CHERCHER KARIN !

TONK
C'EST PAS VRAI ! TU PARLES D'UN MOMENT POUR ÊTRE EN PANNE D'ESSENCE !!
KIRIYA !

Karin...
WHAH
GRAB

kare first love

Karin...

TSAK
MAIS...!! OÙ TU VAS ?!
DÉSOLÉ, TU VEUX BIEN RENTRER CHEZ TOI ?
JE DOIS ALLER LA CHERCHER...
BLAM

Tu seras sûrement étonné
ce que j'ai mis avec les chocolats
mais c'est ce que je ressens.
Je veux être à toi.
Karin

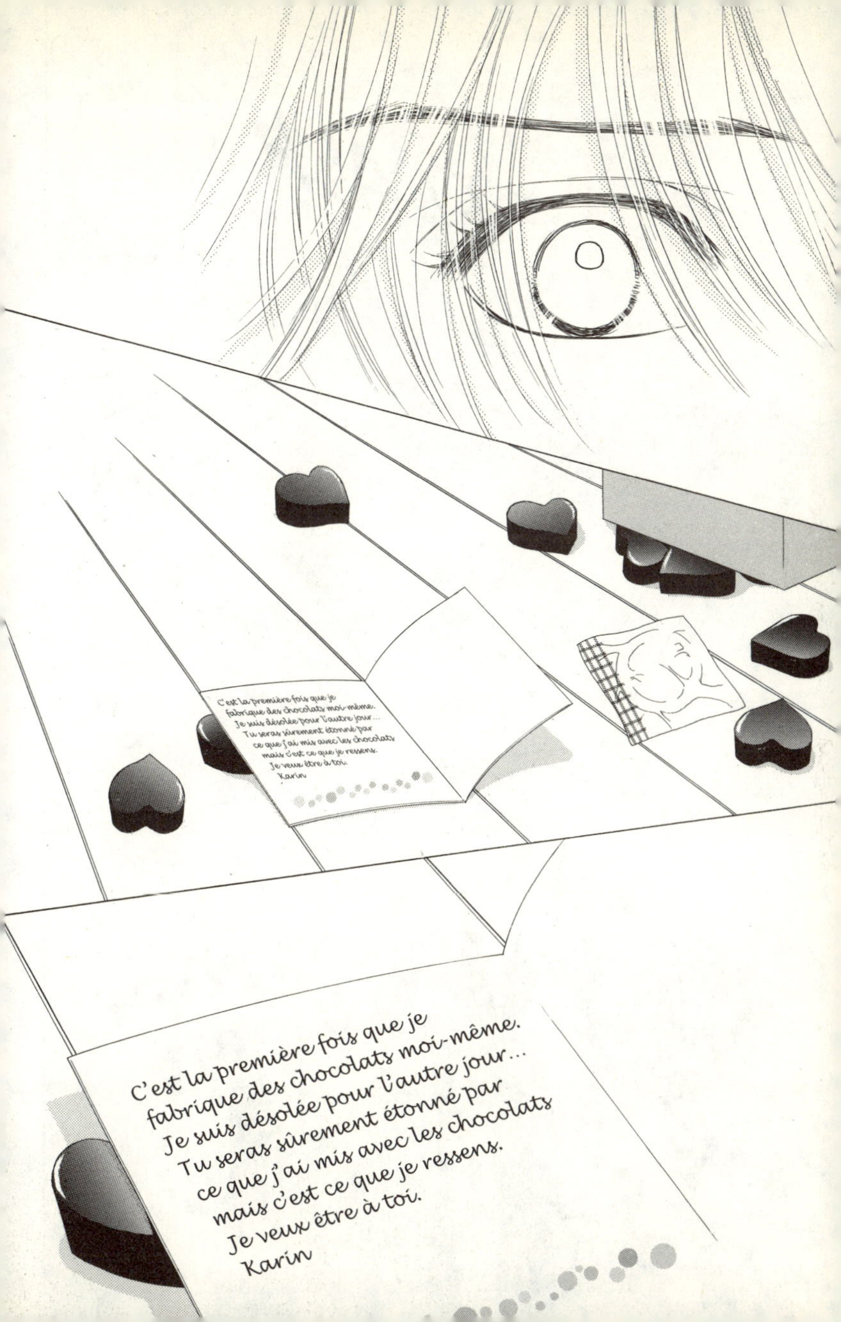
C'est la première fois que je
fabrique des chocolats moi-même.
Je suis désolée pour l'autre jour...
Tu seras sûrement étonné par
ce que j'ai mis avec les chocolats
mais c'est ce que je ressens.
Je veux être à toi.
Karin

FLASH
QUI T'A PERMIS DE L'OUVRIR ?!
PRRAAAN
PRRAAAN

...
COUCOU (^^)/ KARIN N'EST PAS VENUE EN COURS AUJOURD'HUI. TU SAIS POURQUOI ? JE N'ARRIVE PAS À LA JOINDRE, JE M'INQUIÈTE. C'EST DÉJÀ ARRIVÉ L'ÉTÉ DERNIER. J'ESPÈRE QUE TOUT VA BIEN. SI TU ES AU COURANT, ENVOIE-MOI UN MESSAGE ! (NANRI)
ADVANCED TFT COLOR LCD
MENU
C'est pas vrai...
J'HALLUCINE ! C'EST QUOI, ÇA ?
IL TE RESTE ENCORE DES CHOCOLATS DE LA SAINT-VALENTIN ?
TU N'EN AS PAS MANGÉ UN SEUL !
TU AS UNE COPINE ? T'ES VRAIMENT UN POURRI POUR FAIRE ÇA AVEC MOI.

...
QUOI ?
RIEN...
AH, J'AI COMPRIS !
TU AVAIS DES PENSÉES COCHONNES ! ♥
TAC
ÇA ME PLAÎT.
JE SUIS D'ACCORD.
BRRRRRR
DÉSOLÉ.
BRRRRRR
M'enfin !
QUOI ? T'AS REÇU UN MESSAGE ? TU N'AURAS QU'À LE LIRE PLUS TARD !

Je ne sais plus.....
WAOUH !
TU HABITES SEUL ? C'EST LA CLASSE !
MAIS C'EST VRAIMENT TRÈS PROPRE ICI, ON NE SE CROIRAIT PAS DANS L'AP-PART D'UN GARÇON.
HUM... TU FAIS DE LA PHOTOGRA-PHIE.
T'ES UN MANIAQUE ?
Hi ! Hi !
N'Y TOUCHE PAS, TU VAS SALIR L'OBJECTIF !
ÉGOÏSTE !
Nikon

Je ne sais plus ce que je dois faire…
Je ne sais plus…

"Je suis fatigué..."
"Je suis fatigué..."
"Je suis fatigué..."

C'est là...
... que Kiriya et moi avons eu notre premier rendez-vous.

Kiriya !

FLASH
NON...
AH !
Kiriya !
Kiriya !

TOI, TU NE SERAIS PAS L'AUTRE, LÀ ?
JE T'AI DÉJÀ VUE QUELQUE PART !
C'EST ÇA, À LA TÉLÉ !
TU RESSEMBLES À LA FILLE DE LA PUB.
C'EST TOI, NON ?
DIS ! DIS !
T'ES ENCORE PLUS MIGNONNE QU'À LA TÉLÉ !
QU'EST-CE QUE TU FAIS ICI ? TU ATTENDS QUELQU'UN ? SI T'ES LIBRE, T'AS QU'À VENIR T'AMUSER AVEC NOUS !
JE...
JE N'AI RIEN À VOIR AVEC ÇA. VOUS VOUS TROMPEZ DE PER-SONNE.
ATTENDS !
GRAB

JE COÛTE CHER, TU SAIS ?
BAB
SLIM
SAMN
J'ai séché les cours…
Est-ce que mes parents sont déjà au courant ? Nanri doit s'inquiéter…
Et Kiriya ?
…
AH …

J'AI OUBLIÉ.
IL ME FAIT PEUR, CELUI-LÀ !
QUOI ?
Il est pas sympa !
PA... PARDON ! C'EST UN TIMIDE... IL NE PENSAIT PAS À MAL, NE LUI EN VOULEZ PAS !
OK ?
Si t'étais pas motivé, fallait pas venir !
HUM... TU ES INTRANSIGEANT, C'EST ÇA ? ET TRÈS CALME AUSSI.
FRUSH
MAIS MOI, JE PRÉFÈRE ÇA AUX BRAILLARDS.
...
TU NE VEUX PAS QU'ON ÉCHANGE NOS NUMÉROS DE PORTABLE ET NOS E-MAILS ?

SANTÉ !
ON VA FAIRE LA FÊTE !
OUAIS !
MOI, C'EST OGAWA. JE SUIS EN PREMIÈRE AU LYCÉE TAKASHIRO.
JE SUIS AUSSI EN PREMIÈRE À TAKASHIRO ET JE M'AP-PELLE TOORU EBIHARA.
ET TOI ?
TON NOM. ♡

AH ! IMPOSSIBLE !
KIRIYA EST VACHEMENT SÉRIEUX CES DERNIERS TEMPS.
DEPUIS QU'IL A UNE COPINE, IL A ARRÊTÉ LE SPEED-DATING.
QUEL GÂCHIS ! C'EST SÉRIEUX ?
JE ME TENAIS À CARREAU PARCE QUE MA MEUF ME PRENAIT LA TÊTE.
MAIS... ET SI J'Y ALLAIS ?
T'es sûr ?!
HEIN...?!

...
"Je suis fatigué ..."
AAH...
DU SPEED-DATING ?
OUAIS, ON EN FAIT AUJOURD'HUI. TU AIMES ÇA, NON ? ÇA TE DIRAIT DE VENIR AVEC NOUS ?
JE NE SAIS PAS TROP... C'EST QUOI VOTRE PLAN ?
DES FILLES DU LYCÉE SEIKA.
SÉRIEUX ! ÇA ME TENTE BIEN !
KIRIYA, TOI AUSSI, VIENS !

CLING
CLING
TAP
J'ai envie
de partir loin
d'ici...
BRRRRR
BRRRRR
5 MESSAGES

GRRRR...
TERMINUS ! TERMINUS ! GARE DE LA NOUVELLE ÉCOLE PRIMAIRE !
AH !
VEILLEZ À NE RIEN OUBLIER DANS LE BUS !
BLINK
BDUM

Kiriya...
Il se comportait comme si rien n'était arrivé.
BRRRRRR
MENU
BRRRRRR
1 MESSAGE
BRRRRRR
...
BIP

ELLE PREND LE MÊME BUS QUE NOUS, NON ?
TU DOIS TE TROMPER.
POUR SEIKA, C'EST L'ARRÊT AVANT LE NÔTRE.
JE SAIS, MAIS ...
TU AS DÛ CONFONDRE ...

LYCÉE TAKASHIRO ! LYCÉE TAKASHIRO !
PFFFFM
BRRRRMMM
Dis !
KIRIYA !
CE N'EST PAS KARINO, LÀ-BAS ?

SBOM
PFFFFM
C'EST LE SMS QUE M'A ENVOYÉ TOORU HIER !
HI HI
T'AS AIMÉ ? C'EST UNE PHOTO SEXY DE MOI !
HI HI

Argh ! AUJOURD'HUI AUSSI, C'EST BONDÉ !
ON VA AU FOND ?
LAISSE TOMBER ! DE TOUTE FAÇON, ON DESCEND TOUT DE SUITE.
...
TAK
Ting
LYCÉE POUR JEUNES FILLES SEIKA ! LYCÉE POUR JEUNES FILLES SEIKA !

AH BON…?
Maman a dit ça à Kiriya dans mon dos, ce n'est pas juste !
Comment n'ai-je pas pu m'en rendre compte quand on était ensemble ?
Kiriya… Il a été forcé de garder ses distances, pour mes parents, pour moi…
Avec quels sentiments est-il resté auprès de moi tout ce temps ?
C'est pour ça qu'il a dit qu'il était "fatigué"…
HÔPITAL GÉNÉRAL DE L'ÉCOLE PRIMAIRE ! HÔPITAL GÉNÉRAL DE L'ÉCOLE PRIMAIRE !
PFFFFFF

QUOI ? TU AS VU KIRIYA ?
OUI.
LA DERNIÈRE FOIS QU'ILS SONT SORTIS ENSEMBLE, ILS N'ONT PAS PU RENTRER, TU TE SOUVIENS ? ET BIEN, À LEUR RETOUR...
... JE LUI AI DIT QUE JE LUI INTERDISAIS DE FAIRE CE GENRE DE CHOSES AVEC KARIN.
J'AI MIS LES POINTS SUR LES I, ALORS, ÇA DEVRAIT ALLER.

Ce n'était pas un rêve...

109
Now on sale

"Je suis fatigué..."

NOVO

"Je suis fatigué..."

C'EST...
... TOUJOURS ...
... LA GALÈRE ...
JE SUIS FATIGUÉ...

IL Y A D'AUTRES CHOSES AVEC TAKAGI QUE TU M'AS CACHÉES !
TU ES ALLÉE LE VOIR LE QUATORZE, NON ?
AH !
TU...
TU TE TROMPES, IL N'Y A RIEN ENTRE MONSIEUR TAKAGI ET MOI.
IL AVAIT RAMASSÉ MA BOUCLE D'OREILLE ET JE SUIS JUSTE ALLÉE LA RÉCUPÉRER.
TA BOUCLE D'OREILLE ?
OU... OUI...
EN FAIT, QUAND ON EST ALLÉS VOIR LE TOURNAGE, J'AI PERDU L'UNE DES BOUCLES D'OREILLES QUE TU M'AVAIS OFFERTES...
POURQUOI TU NE ME L'AS PAS DIT PLUS TÔT ?
POURQUOI MAINTE-NANT... ?
PA... PARDON ! C'EST ARRIVÉ JUSTE APRÈS QUE TU ME LES AS DONNÉES. ALORS, JE N'AI PAS OSÉ TE LE DIRE...

T'ESPÈRES M'AMADOUER AVEC ÇA ?
C'EST TOUT CE QUE T'AS À ME DIRE ?!
AH... TU VEUX PARLER DE LA PUB ?
JE N'AI PAS VRAIMENT EU LE CHOIX...
CE N'EST PAS CE QUE JE TE DEMANDE !

KIRIYA...
QU'EST-CE QUE TU VEUX ?
FLOP
EUH...
PAF
PARDON D'ÊTRE VENUE À L'IMPROVISTE ...
L'AUTRE JOUR, JE ME SUIS MONTRÉE VRAIMENT IMMATURE...
TIENS... POUR SE RÉCONCILIER !

...
FLASH

BLAM

QU'EST-CE QUE C'EST QUE CETTE HORREUR ?!
UN MONTAGE PHOTO !!
BRRRRRR
BRRRRRRR
MENU

FAIS VOIR !
CLAC
AH !
Arrête de te la jouer !
Boudin !!

HEIN ? TU LUI AS ENCORE FAIT DES CHOCO-LATS ?
OUI. C'EST UN PEU DUR D'ALLER LE VOIR SANS EXCUSE.
JE ME SUIS DIT QU'IL FALLAIT SAVOIR FAIRE DES COMPRO-MIS DE TEMPS EN TEMPS.
J'AI FAIT TROP DE CHOCO-LATS, TU EN VEUX ? JE LES AI APPORTÉS.
TSAK
BIEN SÛR QUE J'EN VEUX ! MAIS NE T'INQUIÈTE PAS, KIRIYA SERA SÛREMENT CONTENT DE TON GESTE.
CHACK
QU'EST-CE QUE TU AS ?
RIEN !

Il doit être furieux…
Il ne m'a pas reparlé depuis l'autre jour.
Mais plus le temps passe, plus ce sera difficile de discuter…
C'est vrai que je me suis montrée très immature pour la Saint-Valentin…
Je lui fais des excuses ?
"Tu vas me donner du chocolat ? Fait maison bien sûr ?"
Et si je lui faisais à nouveau des chocolats ?

POURQUOI ELLE NE M'A RIEN DIT...?
...
AOI KIRIYA
0901234567
JE N'OSE PAS L'APPELER...

NE ME DIS PAS QUE TU N'ÉTAIS PAS AU COURANT ?
...
AH !
PAC
C'ÉTAIT DONC ÇA ! AU FAIT, QU'EST-CE QUE ÇA A DONNÉ, "TU SAIS QUOI" ?
AÏE ! HEIN ?
JE VEUX PARLER DE LA SAINT-VALENTIN !
LA BINOCLARDE ET TOI, VOUS AVEZ FAIT L'AMOUR ?
JE RENTRE.
HEIN ?!

Question au créateur en vogue !
Shinji Takagi (à droite)
Bien qu'il soit photographe, M. Takagi aime s'essayer à tous les genres.
Cette fois, il a élargi son horizon en travaillant sur des VP d'artistes populaires et notamment, sur la publicité du CD de musique douce de [dew :], dont les ventes sont proches du million d'albums.
Il a également l'intention d'organiser une exposition de ses œuvres dans le courant de l'année.
GRUUHGSH
AAAAH !
T'ABUSES, J'ÉTAIS EN TRAIN DE LE LIRE !
C'EST LUI, NON ? LE GARS QUI A TOURNÉ LA PUB...
LA BINO-CLARDE VA SE LANCER DANS LA TÉLÉ ?
J'EN SAIS RIEN !

healing omnibus CD
on sale
float 3
ÇA SUFFIT ! ÉTEIGNEZ LA TÉLÉ !
JE NE SUPPORTE PAS CETTE PUB !
HÉ ! IL PARAÎT QUE C'EST UNE ÉLÈVE DE TON LYCÉE. ELLE EST TRÈS MIGNONNE. TU VEUX BIEN ME LA PRÉSENTER ?
À MOI AUSSI ! À MOI AUSSI !
ET SI ON FAISAIT DU SPEED-DATING ? APPELLE-LA !
...
LE GENRE PUR ET INNOCENT COMME ELLE, ÇA FAIT DU BIEN DE TEMPS EN TEMPS.
TU NOUS RAMÈNES TOUJOURS DES FILLES BIZARRES, TU POURRAIS EN AMENER DES BIEN ! APPELLE DES JOLIES FILLES !
FERMEZ-LA, TOUS LES DEUX !
TOC

TAKAGI ...
EST-CE QUE TU FAIS ÇA PARCE QUE J'AI CHOISI YUJI ?
C'EST POUR ÇA QUE TU T'EN PRENDS À SON PETIT FRÈRE AOI ?
OUAIP !
L'UN COMME L'AUTRE, TU T'OCCUPES TROP D'EUX, SHOKO.
!
SI JE TE DIS ÇA, TU TE FÂCHERAS ?

COMMENT AS-TU PU BALANCER CETTE PUB À LA TÉLÉ SANS RIEN DIRE À KARIN ?!
EN PLUS, TU AS DEMANDÉ L'AUTORISATION DU CLIENT DIRECTEMENT ET DANS NOTRE DOS ! J'APPRÉCIERAIS QUE TU AGISSES UN PEU EN PENSANT AUX GENS QUI TRAVAILLENT AVEC TOI !
C'EST BIEN FILMÉ, NON ?
LE CLIENT A BEAUCOUP AIMÉ ET LE RÉSULTAT EST PARFAIT. OÙ EST LE PRO-BLÈME ?
MAIS, QU'EST-CE QUI T'A PRIS ?!
IL N'Y A BIEN QU'AVEC LE FILM QU'IL N'Y EN A PAS.

AOI EST HYPER-SENSIBLE DÈS QU'IL S'AGIT DE TAKAGI.
J'ESPÈRE QU'EN VOYANT LE CLIP, IL NE DEVINERA PAS QUE C'EST TAKAGI QUI L'A TOURNÉ...
C'est vrai...
J'avais oublié que Kiriya n'aimait pas trop Takagi...
...
Je crois que je ferais mieux de tout lui expliquer...
C'EST PAS CROYABLE ! KARINO EST AMIE AVEC QUELQU'UN DU SHOWBIZ !
TSS !
C'EST GRÂCE AU PISTON QU'ELLE A PU ÊTRE DANS CETTE PUB ! UNIQUEMENT GRÂCE AU PISTON !!
CE N'EST PAS PARCE QUE TOUT LE MONDE EN PARLE QUE ÇA VA DURER. BIENTÔT, PLUS PERSONNE NE S'OCCUPERA D'ELLE.
DE TOUTE FAÇON, ELLE A TOUJOURS ÉTÉ NULLE !
MAIS QUAND MÊME, ELLE A DE LA CHANCE ! ET SI ON DEVENAIT AMIES AVEC ELLE ? COMME ÇA, ON POURRAIT SE VANTER DEVANT LES AUTRES !
OUI, HEIN !
CES DERNIERS TEMPS, ELLE EST DEVENUE PLUTÔT JOLIE. SI ÇA SE TROUVE, ELLE VA DEVENIR SUPER CÉLÈBRE !
...

IL EST VRAI QUE NOTRE LYCÉE NE TOLÈRE GUÈRE CE GENRE D'ACTIVITÉS EXTRASCOLAIRES MAIS ON M'A DIT QUE MADEMOISELLE KARINO ÉTAIT UNE ÉLÈVE SÉRIEUSE ET SI VOUS, UNE DE NOS ANCIENNES ÉLÈVES, VOUS VOUS PORTEZ GARANTE, JE SUIS RASSURÉ. JE SUIS DONC PRÊT À FERMER LES YEUX POUR CETTE FOIS.
JE SUIS D'ACCORD.
Une ancienne élève ?!
JE SUIS DÉSOLÉE ! TU AS DÛ ÊTRE SURPRISE QUE TAKAGI EN FASSE AINSI À SA GUISE.
OUI... MAIS JE SUIS TOUT AUSSI SURPRISE QUE VOUS SOYEZ UNE ANCIENNE ÉLÈVE DE MON LYCÉE ...
L'ÉCOLE A BIEN CHANGÉ MAIS ÇA ME REND NOSTALGIQUE.
AH ! JE DIRAI DEUX MOTS À TAKAGI, RASSURE-TOI ! AU FAIT, AOI EST AU COURANT POUR CETTE PUBLICITÉ ?
JE NE L'AI PAS ENCORE EU AU TÉLÉPHONE ...

IL SEMBLERAIT QUE MADAME AKIBA ET TOI, VOUS VOUS CONNAISSIEZ DEPUIS LONG-TEMPS.
ELLE M'A TOUT EXPLIQUÉ À PROPOS DE CETTE PUBLICITÉ DONT TOUTE L'ÉCOLE PARLE AUJOUR-D'HUI.
HEIN ...?
EUH...
OUI, C'EST NOTRE ÉQUIPE DE RÉALISATION QUI A UN PEU FORCÉ LA MAIN À MADE-MOISELLE KARINO POUR QU'ELLE CONSENTE À TOURNER CE CLIP.
HEIN ?!
JE SUIS NAVRÉE DE VOUS METTRE DEVANT LE FAIT ACCOMPLI MAIS JE PEUX VOUS ASSURER QUE CETTE PUBLICITÉ N'EST ABSOLU-MENT PAS D'UN GENRE À PORTER PRÉJUDICE À L'IMAGE DE VOTRE ÉCOLE.
JE SAIS QUE NOUS AURIONS DÛ DEMANDER L'AVIS DE TOUTES LES PER-SONNES CONCERNÉES MAIS NOUS NE POU-VIONS PAS IMAGINER TROUVER UNE AUTRE JEUNE FILLE QUI COR-RESPONDE À CE POINT À L'IMAGE QUE NOUS VOULIONS DONNER. ALORS, JE LUI AI MOI-MÊME DEMANDÉ CETTE FAVEUR EXCEPTION-NELLE.

BUREAU DU DIRECTEUR
EXCUSEZ-MOI...
ENTRE !
AH...
Shoko !
BON-JOUR !

JE NE LUI FERAI PLUS JAMAIS CONFIANCE !
MON PÈRE S'EST CALMÉ TOUT DE SUITE APRÈS QUE MONSIEUR TAKAGI LUI A TOUT EXPLIQUÉ AU TÉLÉPHONE.
L'AFFAIRE A ÉTÉ RÉGLÉE QUAND MONSIEUR TAKAGI LUI A DIT QUE C'ÉTAIT JUSTE POUR CETTE FOIS MAIS JE DOIS ME MÉFIER DE CET HOMME !
MAIS TU ÉTAIS VRAIMENT TRÈS BELLE DANS CE CLIP !
TU ES PEUT-ÊTRE FAITE POUR ÇA ? PUISQUE TU EN AS L'OPPORTUNITÉ, POURQUOI NE PAS ESSAYER ?
AU FAIT, ÇA NE CRAINT PAS PAR RAPPORT AU RÈGLEMENT DE L'ÉCOLE, CE GENRE DE JOB ?
J'AI ENTENDU DIRE QU'UNE ÉLÈVE PLUS ÂGÉE S'ÉTAIT FAIT VIRER DE L'ÉCOLE APRÈS AVOIR POSÉ POUR UN MAGAZINE DE MODE.
KARINO !
J'AI À TE PARLER !
AAH... D'ACCORD ! D'ACCORD ! TU NE VEUX PAS, ÇA VA, J'AI COMPRIS !
...
C'EST VRAI ? WAH ! QU'EST-CE QUE JE VAIS FAIRE ?!

Elles me regardent toutes.
Ce clip n'est pourtant passé qu'une seule fois à la télé hier !
La télévision me fait peur !
Arrêtez de la regarder !
COUCOU ! J'AI VU LA PUB À LA TÉLÉ !
OUBLIE ÇA ! PITIÉ !
FAIS COMME SI TU N'AVAIS JAMAIS RIEN VU !
JE VOIS...
IL S'EST PASSÉ TOUT ÇA !
MONSIEUR TAKAGI M'AVAIT POURTANT DIT QU'IL DEVAIT PARTIR AUX ÉTATS-UNIS LE LENDEMAIN DU QUATORZE !
TU T'ES FAIT PIÉGER, C'EST CLAIR !
CLAC

BONJOUR, KARINO !
C'EST GÉNIAL !
ON T'A VUE À LA TÉLÉ !
Mmh ? Elle ? Incroyable !
C'est elle !
Ooh !

M'ENFIN, PAPA ! DE NOS JOURS, CE N'EST PAS RARE POUR UNE LYCÉENNE ! ÇA N'A RIEN DE BIZARRE D'EN AVOIR SUR SOI QUAND ON A UN COPAIN. C'EST MIEUX QUE DE NE PAS EN AVOIR DU TOUT !
KARIN !
HEIN ? TU EN ES DÉJÀ LÀ AVEC LUI ?!
NON... EUH...
TES QUESTIONS SONT DÉPLACÉES !
SATOMI ! JE NE TE DEMANDE RIEN À TOI !
ALORS, KARIN !
MAIS PAPA... APRÈS AVOIR RENCONTRÉ KIRIYA, TU ÉTAIS D'ACCORD POUR QU'ON SORTE ENSEMBLE !
J'AI ACCEPTÉ QUE VOUS SORTIEZ ENSEMBLE MAIS IL EST ENCORE TROP TÔT POUR ÇA. ARRÊTE TOUT DE SUITE !
CHÉRI !
C'EST UN APPEL D'UN CERTAIN TAKAGI.
...

C'est le film de l'autre jour…
C'EST GÉNIAL, KARIN ! CETTE PUB FAIT UN CARTON EN CE MOMENT. C'EST POUR UN CD DE MUSIQUE DOUCE, NON ?
QUAND EST-CE QUE TU AS FILMÉ ÇA ? JE VAIS ME VANTER AUPRÈS DE MES AMIS !
NE DIS PAS N'IMPORTE QUOI !
LA TÉLÉ, ÇA... MAIS QU'EST-CE QUE ÇA VEUT DIRE ?!
J'ATTENDS TES EXPLICATIONS !
GLUP

KIRIYA !
LÀ, C'ÉTAIT...
ALTA VISION
healing omnibus CD
on sale
float 3
STUDIO ALTA
Frère
WADY
ALRAI
WARN
STUDIO

healing omnibus CD
on sale
float 3

kare first love

C'EST KARIN !
KARIN PASSE À LA TÉLÉ !

KAAAARIIIIN !!
QU'EST-CE QUE C'EST QUE ÇA ?!
AAH !!
J'avais oublié !
HÉ !
HÉ !

TU DOIS ÊTRE ÉPUISÉ PAR TON VOYAGE D'AFFAIRES.
MAIS TU RENTRES TÔT, POUR UNE FOIS. TU VEUX BOIRE QUELQUE CHOSE ?
OUI, MERCI !
QU'EST-CE QUE C'EST ?
AH, C'ÉTAIT LA SAINT-VALENTIN, HIER. KARIN A DIT QU'ELLE N'EN AVAIT PLUS BESOIN ET QU'ELLE TE LES DONNAIT.
À MOI ?
AH... OÙ EN EST-ELLE ? ÇA SE PASSE BIEN ENTRE CE GARÇON ET ELLE ?
COMMENT VEUX-TU QUE JE LE SACHE ?
DEMANDE-LUI TOI-MÊME !
PAK

NON MAIS, JE RÊVE !
IL S'EST EMPIFFRÉ DES CHOCO-LATS DES AUTRES !
IDIOT ! SI TU VOULAIS EN MANGER, TU AURAIS AU MOINS PU ATTENDRE D'AVOIR MANGÉ LES MIENS !
POF
...
Je suis sa petite amie... Je suis censée être spéciale pour lui... Il m'énerve !
Je sais bien que ce n'est pas la peine d'être jalouse mais j'ai envie qu'il ne regarde que moi.
Je ne veux pas qu'il fasse des sourires aux autres filles.
C'est mal ? Si je ne suis pas tolérante, ça fait de moi une mauvaise petite amie ?
Combien de fois cela se reproduira-t...
... pendant notre relation ?

...
BON, POUR LA FORME, JE TE CONFISQUE LES MIENS !
HEIN ?!
Elle va les offrir à Takagi ?!
Ne compare pas mes chocolats avec ceux des autres filles.
SALUT !
BYE BYE !
BLAM

QUOI ?!
POURQUOI TU TE METS EN COLÈRE JUSTE PARCE QU'ON M'A OFFERT DU CHOCOLAT ?!
JE NE SUIS PAS EN COLÈRE !
ET CE N'EST PAS JUSTE À CAUSE DES CHOCOLATS !
MAIS SI, TU ES EN COLÈRE !
ET TOI, ALORS ? QUELLE MOUCHE T'A PIQUÉ ?! POURQUOI TU T'ÉNERVES LÀ-DESSUS ?!
Quelle mouche ?
HA HA HA
PARCE QUE T'AS FAIT "ÇA" ! C'EST À CAUSE DE "ÇA" QUE JE SUIS ÉNERVÉ !
MAIS C'EST QUOI, "ÇA" ?!
Monsieur qui cachait les choco-lats qu'on lui avait offerts !
Il ne faut pas ! Si on continue à se parler ainsi, ça va finir en bagarre...!
Mais c'est déjà une bagarre...

Mais…
TU BOUDES ?
JE NE BOUDE PAS DU TOUT !
ON S'EN FICHE, DES CHOCOLATS !
JE MANGERAI LES TIENS AUSSI, KARIN !
"Les tiens **aussi**" ?
Ce n'est pas ça le problème !
S'il les cache, c'est bien parce qu'il a mauvaise conscience !
GAH
AÏE ! AÏE ! AÏE !
ÔTE TES SALES PATTES DE LÀ !
Et s'il s'est mis à faire des choses cochonnes tout à l'heure, c'était pour cacher tout ça !

T'ES UN VRAI DON JUAN, TOI...
Tu trouves ?
MOI AUSSI, ÇA M'A QUAND MÊME UN TOUT PETIT PEU SURPRIS.
...
Ha ?
Mais c'est que t'aurais pris la grosse tête, mon garçon !
Qu'est-ce que tu racontes ?!
T'es bête ou quoi ?!
... Voilà ce que j'aimerais lui dire mais...
ON DIT QU'IL VAUT MIEUX SORTIR AVEC UN GARÇON QUI A DU SUCCÈS AUPRÈS DES FILLES QU'AVEC UN QUI N'EN A PAS DU TOUT...

Bah...?
Mh ?
FU FAS FU FOFOLAT FU' FA FOUVE ! (TU AS DU CHOCOLAT SUR LA BOUCHE !)
GLUP
HEIN ?!
QUI T'EN A DONNÉ ?
QU'EST-CE QUE ÇA PEUT FAIRE ? ÇA NE COMPTE PAS !
AH !!
TU L'AS MANGÉ AVANT LE MIEN !!

Kiriya...
... a ce genre de penchants ?
Mais si je refuse, ça risque de finir en dispute...
Cou... Courage !
Ça fond...

OH, ILS ONT L'AIR VRAIMENT DÉLICIEUX ! ♥
Je suis contente !
AH!
C'est pas ça du tout !
TU...
TU PEUX ME DONNER LA BECQUÉE ?
HEIN ?!
Qu'est-ce qu'il raconte ?
Retrait des troupes !
Aujourd'hui, je vais faire des caprices ! Des tas de caprices !
...
SWIP

MAN...
MANGE ÇA !
Ah ?
ENFIN, JE VEUX DIRE... OUVRE-LES !
Hum... Elle essaie de noyer le poisson avec du chocolat...
J'ESPÈRE QU'ILS SERONT BONS...
JE PENSE LES AVOIR RÉUSSIS...
REGARDE !
...
AH ! CELUI-CI D'ABORD !
Je ne me laisserai pas avoir si facilement !

HUH ...
Qu...
Qu'est-ce qui lui prend ?!
AT...
ATTENDS ...
AH...
Kiriya n'est pas comme d'habitude !
Les chocolats !
Je dois lui donner les préservatifs avant...

KI...
KIRIYA...
BDUM
TU N'AS RIEN À ME DIRE ?
HEIN ?
COMME PAR EXEMPLE, LA RAISON DE TON RETARD...
HEIN ?
Il m'a grillée !
AH ! EUH... BIEN SÛR...
Il sait que je suis allée chercher ma boucle d'oreille !
J'AVAIS PROMIS À UN AMI DE PASSER LE VOIR...
UN AMI ?
!

KIRIYA !
TSAK
TU M'AS ATTENDUE ? PARDON D'ÊTRE EN RETARD !
J'AVAIS UNE CHOSE À FAIRE AVANT ET...

APPELLE-MOI SHINJI !
...
C'est pour ça qu'elle est en retard ?!

GRMPF
GRMPF
GRMPF
On les lui a offerts.
...
MIEUX VAUT LES CACHER ...
MAIS QU'EST-CE QU'ELLE FAIT ?
Elle ne décroche pas quand je l'appelle sur son portable !
TSAK
MERCI DE M'AVOIR DÉPOSÉE.
DÉSOLÉ DE T'AVOIR MISE EN RETARD À TON RENDEZ-VOUS !
MONSIEUR TAKAGI, PROMETTEZ-MOI DE NE PLUS FAIRE ÇA !
PROMIS ! PROMIS !
KARIN !
GWIP

QU'EST-CE QUE TU DÉCIDES ?
...
JE VIENDRAI CHEZ TOI VERS SIX HEURES ! J'ESPÈRE QUE TU AIMERAS MES CHOCOLATS... KARIN
...
14/2
18:31
J-PHONE
Ouais, bah ! l'heure est largement dépassée !!

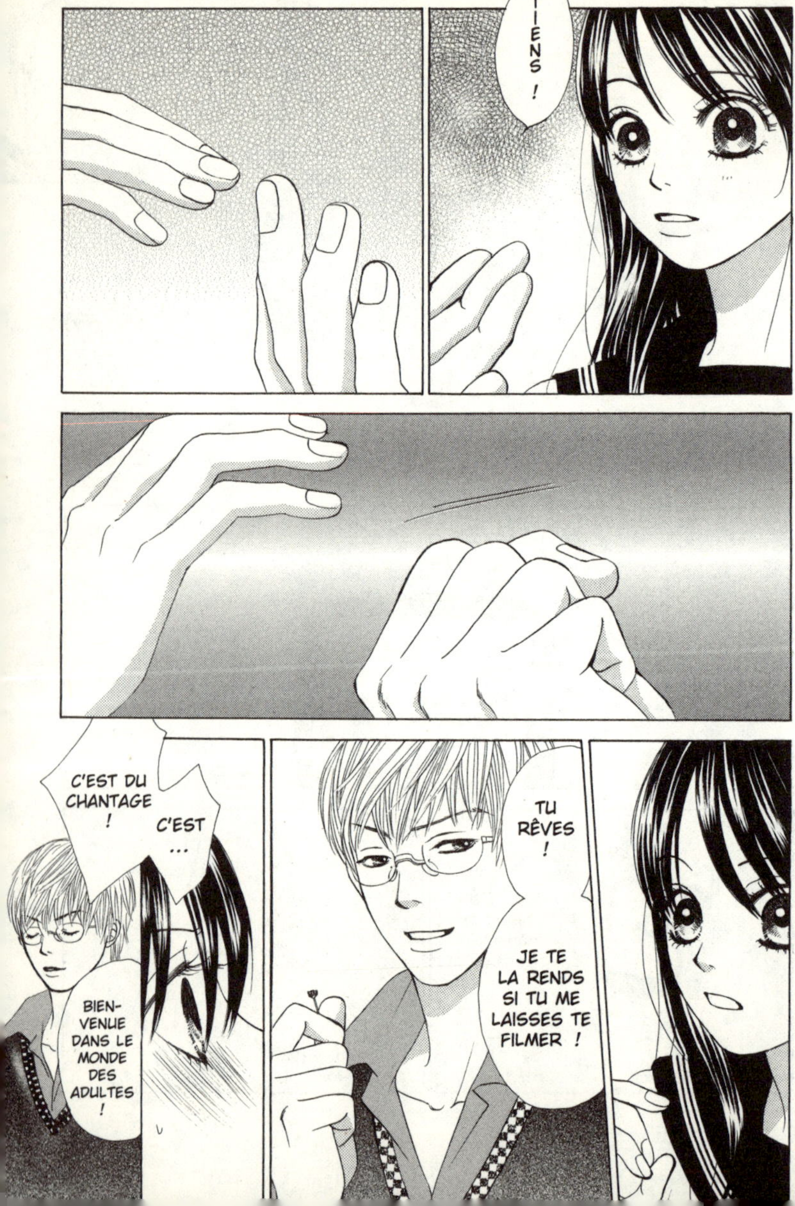
TIENS !
TU RÊVES !
JE TE LA RENDS SI TU ME LAISSES TE FILMER !
C'EST ...
C'EST DU CHANTAGE !
BIEN-VENUE DANS LE MONDE DES ADULTES !

TU AS UN BIEN PLUS BEAU VISAGE EN VRAI QUE SUR LA PHOTO PRISE PAR KIRIYA, ALORS, TU M'INTÉRESSES.
NON MERCI. JE SUIS JUSTE VENUE CHERCHER MA BOUCLE D'OREILLE ET J'AI UN RENDEZ-VOUS.
ET PUIS JE N'AI PAS ENVIE D'ÊTRE PHOTOGRAPHIÉE PAR QUELQU'UN D'AUTRE QUE KIRIYA.
D'ACCORD. J'ABANDONNE ! J'ABANDONNE !
VOILÀ TA BOUCLE D'OREILLE.

TU VEUX EN JOUER ?
TWIK
MONSIEUR TAKAGI !
LES PIANOS PLEYEL SONT CÉLÈBRES AUPRÈS DES CONNAISSEURS, ON DIT MÊME QUE C'ÉTAIENT LES PRÉFÉRÉS DE CHOPIN.
ON L'A UTILISÉ SUR UN TOURNAGE, C'EST EXCEPTIONNEL, HEIN ? IL EST PARFAITEMENT ACCORDÉ.
IL EST BEAU...
QUEL SON EN SORTIRAIT SI CHOPIN ÉTAIT LÀ POUR JOUER DESSUS ?
ESSAIE-LE POUR VOIR !
ET JE TE PRENDRAI EN PHOTO ...
... MIEUX QUE TON CHÉRI !

Ah...
CE PIANO EST MAGNIFIQUE ...
C'EST UN PLEYEL !
PLEYEL

TAKAGI NE PEUT PAS SE LIBÉRER TOUT DE SUITE, IL A DEMANDÉ QUE TU L'ATTENDES DANS CE STUDIO.
D'AC... D'ACCORD ...
Ce studio est immense...
Ça me rend un peu nerveuse...
Oh !
C'est un mannequin ? Qu'est-ce qu'elle est belle...
...
Si tu veux devenir mannequin...
... appelle-moi !
Aucune chance.
Non. Impossible. Impensable.
Ce type est bizarre...
Aujourd'hui, je récupère ma boucle d'oreille et c'est tout !
KEE...

QU'EST-CE QUE TU TIENS DANS TA MAIN, SŒURETTE ?
RIEN DU TOUT ! VA-T'EN !
SI TU VEUX EN MANGER, PRENDS CEUX QUE J'AI RATÉS !
Kiriya...
... sera content ?
Pour ça aussi...
Studio

GOSH
Comment emballer ça avec les chocolats…?
C'est quand même un peu bizarre de mettre des préservatifs dans une boîte de chocolats…
SKIN
MMH ! PAS MAUVAIS, ÇA !
MUNCH
AH !!
ARRÊTE !
SQUISH
OUPS …

ET VOILÀ ! ♡
PAS MAL POUR UNE PREMIÈRE FOIS !
HUM
C'EST LA SAINT-VALENTIN, IL FAUT BIEN FAIRE DES EFFORTS, SINON ÇA NE RIME À RIEN !

Pourquoi Takagi l'a appelée ?
Qu'est-ce qu'il lui voulait d'abord ?!
APPEL ENTRANT SHINJI TAKAGI
Et en plus, elle a son numéro en mémoire !
Il se passe des trucs dans mon dos !!
TSAK
VOILÀ VOTRE PLAT.
Pourquoi elle discute avec lui ?!
Je ne peux pas lui demander ça...
PARCE QUE JE SUIS UN HOMME GÉNÉREUX ET COMPRÉHENSIF...
ÇA NE VA PAS, KIRIYA ?
Et puis je n'ai pas envie de me disputer avec Karin pour des bêtises...

THANK YOU !
DÉJÀ ?
...
ON T'A FAIT UN CANULAR TÉLÉPHONIQUE !
HEIN ?
UN CANULAR TÉLÉPHONIQUE ?
BAH ? J'AI REÇU UN APPEL DE MONSIEUR TAKAGI !

MAIS QUAND MÊME, TU VÉRIFIES LA MÉMOIRE DU PORTABLE DE TA COPINE ? QUEL GAMIN !
Ha ! Ha !
GRRRRRSSH...
TUUUUUUUUUUU...

...
ALLÔ ?
BAH...? CETTE VOIX...
CE N'EST PAS LE PORTABLE DE KARIN, ÇA ?
C'EST À KARIN QUE JE VEUX PARLER, ÇA NE TE REGARDE PAS.
QU'EST-CE QUE VOUS VOULEZ ?
JE RAPPELLE-RAI PLUS TARD. CE N'ÉTAIT PAS TRÈS IMPOR-TANT, NE T'EN FAIS PAS.
NON, IL N'Y A VRAIMENT RIEN.
RIEN DU TOUT.

POURQUOI TAKAGI TÉLÉPHONE À KARIN...?
DRING
DRING
APPEL ENTRANT SHINJI TAKAGI
DRING

kare first love

APPEL ENTRANT
SHINJI TAKAGI

POURTANT... AVANT, QUAND MES PARENTS S'OPPOSAIENT À NOTRE RELATION, IL ÉTAIT D'ACCORD POUR QU'ON VIVE ENSEMBLE ...
ET MINCE...
DRING
DRING

PEUT-ÊTRE QUE TU DEVRAIS ATTENDRE AVANT D'EN DISCUTER AVEC TES PARENTS. PAS LA PEINE DE SE PRESSER !
JE PEUX T'EMPRUNTER TON PORTABLE ? J'AI BESOIN DE PASSER UN COUP DE FIL.
Oh ! BIEN SÛR.
AH… DÉSOLÉ !

…
Ça n'a pas l'air de lui faire plaisir…
La situation lui va comme ça ?

SI JE DEMANDE À NANRI DE ME FOURNIR UN ALIBI, ÇA DEVRAIT POUVOIR MARCHER... JE VAIS QUAND MÊME ESSAYER D'EN DISCUTER AVEC MES PARENTS...
...
...
ON A LE DROIT DE SE VOIR TARD SEULEMENT LE WEEK-END, TU LE SAIS, NON ?
JE L'AI PROMIS À TON PÈRE EN JANVIER, ÇA NE FAIT MÊME PAS UN MOIS !
JE SAIS MAIS ENTRE L'ÉCOLE ET LES COURS DE PRÉPA, ON NE SE VOIT PAS BEAUCOUP ...

ON PEUT SE VOIR POUR LA SAINT-VALENTIN ?
J'AI UN TRUC À FAIRE DANS LA SOIRÉE MAIS APRÈS ÇA, JE SERAI LIBRE.
C'EST VRAI ? TANT MIEUX !
TU VAS ME DONNER DU CHOCOLAT ?
FAIT MAISON, BIEN SÛR ?
JE... JE FERAI DE MON MIEUX...
J'en étais sûre, il faut du fait maison...
EUH ...
KIRIYA...
LE QUATORZE ...
...
... JE VAIS DEMANDER À MA MÈRE DE REPOUSSER LE COUVRE-FEU POUR QU'ON PUISSE RESTER ENSEMBLE PLUS LONGTEMPS.

A Presto
KIRIYA !
ÇA VA, L'HEURE ?
J'AI ENCORE UN PEU DE TEMPS AVANT L'OUVERTURE DU RESTAURANT. IL Y A UN PROBLÈME ?
NON, RIEN D'IMPORTANT. J'AVAIS JUSTE ENVIE DE TE PARLER.
TU ES VRAIMENT TRÈS ENTREPRENANTE CES DERNIERS TEMPS...
QU'EST-CE QUE TU MIJOTES ?
Je dois me réjouir ?
RIEN DU TOUT !
Mufle !

EN CE MOMENT, J'AI TROP DE TRAVAIL, JE SUIS COINCÉ ICI.
DÉSOLÉ, MAIS ÇA T'ENNUIERAIT DE VENIR AU STUDIO ?
LE QUINZE, JE DOIS PARTIR EN TOURNAGE AUX ÉTATS-UNIS, TU NE PEUX PAS TE LIBÉRER L'APRÈS-MIDI DU QUATORZE ?
Je veux récupérer ma boucle d'oreille avant de voir Kiriya...
Je dois pouvoir passer au studio de Takagi avant ça...?
EUH...
NON, PAS DU TOUT.
ALORS, JE PASSERAI LE QUATORZE DANS L'APRÈS-MIDI.
OK !
Shhhf
JE NE SERAI PAS LIBRE AVANT LE QUATORZE, ÇA TE VA ?
LE QUATORZE...?
JE TE FERAI SAVOIR L'ADRESSE PLUS TARD.
ON SE REVOIT LE QUATORZE !

Saint-Valentin, me voilà !
BLINK
BDOUM
MERCI DE VOTRE VISITE.
Parfait !
ALLÔ, MONSIEUR TAKAGI ?
C'EST KARIN.
AAH ! MERCI POUR L'AUTRE FOIS !
ÇA ME FAIT PLAISIR QUE TU M'AP-PELLES. TU ES D'ACCORD POUR DEVENIR MANNEQUIN ?
JE NE VOUS APPELLE PAS POUR ÇA... J'AIMERAIS PASSER RÉCUPÉ-RER MA BOUCLE D'OREILLE...
AH, ÇA...

MERCI, TOORU !
JE VAIS ESSAYER.
Je dois être fatigué… C'est sûrement ça…
?
DOM
DOM
DOM
Binoclarde a juste enlevé ses binocles !
DOM
BONJOUR !
SKIN dom
RO GAM
デンタル パートナー〈ロガム〉
〈ピュアミント〉
シュガーレス板ガム

DANS CE CAS, POURQUOI TU NE LUI DONNERAIS PAS DES PRÉSERVATIFS AVEC SON CHOCOLAT ?
?
SI TU N'ARRIVES PAS À EN PARLER, TU N'AS QU'À Y ALLER FRANCHEMENT.
JE NE SAIS PAS COMMENT IL RÉAGIRA EN LES TROUVANT MAIS AU MOINS, IL COMPRENDRA LE MESSAGE.
AUCUN GARS NE PRENDRAIT ÇA MAL SI LA FILLE QU'IL AIME LUI FAISAIT DES AVANCES !
AU CONTRAIRE, JE PENSE QU'IL SERA CONTENT.
DES PRÉSERVATIFS AVEC SON CHOCOLAT DE SAINT-VALENTIN, PAS MAL COMME IDÉE !
C'EST MIEUX QU'UN JOUET !
ÇA T'ARRIVE DE DIRE DES CHOSES QUI SERVENT, TOI !
ALORS, SORS AVEC MOI !
DANS TES RÊVES !

JE L'AIME MAIS JE NE SAIS PAS COMMENT FAIRE...
MAIS SANS INVITATION DE SA PART, JE SUIS INCAPABLE DE L'EMBRASSER DE MOI-MÊME...
JE SUIS TOUT DE SUITE NERVEUSE ET J'AI HONTE DE MOI...
ET SI J'ESSAIE DE PRENDRE L'INITIATIVE, IL PENSE QUE JE ME FORCE.
BDUM
Hein ?
?
C'était quoi, ça ?!
PEUT-ÊTRE QU'À FORCE D'ATTENDRE, IL NE VEUT PLUS ?
SI.
JE NE PENSE PAS QUE CE SOIT ÇA... ÇA PROUVE JUSTE QUE VOUS ÊTES TOUS LES DEUX ATTENTIFS À L'AUTRE, NON ?
KARINO, JE TROUVE QUE KIRIYA ET TOI FORMEZ UN COUPLE SOLIDE GRÂCE À TOUT ÇA.

L'ANNÉE DERNIÈRE, À NOËL, ON EST ALLÉS ASSEZ LOIN MAIS...
... TOUT À COUP, JE ME SUIS MISE À AVOIR PEUR DE KIRIYA... ET À PLEURER...
CE JOUR-LÀ, KIRIYA S'EST ARRÊTÉ AVANT ET DEPUIS, ON N'A PLUS RIEN FAIT...
ALORS, MÊME SI LES CHOSES PRENNENT UNE TOURNURE ROMANTIQUE, IL SE RETIENT. COMME C'EST LA PREMIÈRE FOIS POUR MOI, IL VEUT ATTENDRE QUE JE SOIS PRÊTE.
J'AIME KIRIYA, BIEN SÛR.
JE N'IMAGINE PAS MA PREMIÈRE FOIS AVEC UN AUTRE QUE LUI. JE LE LUI AI DIT...
QUAND ON EST ENSEMBLE, J'AI ENVIE QU'ON SOIT PLUS PROCHES, J'AI ENVIE QU'IL SOIT HEUREUX.
ET MOI AUSSI, JE SUIS MAINTENANT PRÊTE À LE FAIRE.

HEIN ...?
AH ! C'EST DE TA FAUTE, AVEC TON SPEECH DE VIEUX MACHO PERVERS !
QUOI ? QU'EST-CE QUE TU AS ?
Tu pleures ?
ARRÊTE ! JE DISAIS ÇA POUR BLAGUER !
ON DIT PAS ÇA, MÊME EN BLAGUANT !
LA PREMIÈRE FOIS...
... JE N'AI PAS RÉUSSI...

KIRIYA PASSE PLUS DE TEMPS AVEC TOI QU'AVEC MOI, ÇA PROUVE QUE VOUS VOUS ENTENDEZ BIEN, NON ?
ET EN PLUS, TU TE PAIES LE LUXE D'AVOIR CE GENRE DE "PROBLÈME".
TU AS RAISON ...
APRÈS TOUT, CE PROBLÈME NE REGAR-DE QUE NOUS DEUX...
COMMENT FAIRE DES AVANCES À L'AUTRE SANS LE BLESSER ? JE SUPPOSE QUE KIRIYA SE POSAIT LA MÊME QUES-TION...
VOUS L'AVEZ DÉJÀ FAIT PLUSIEURS FOIS, NON ?
C'EST UN PEU TARD POUR JOUER LA SAINTE NITOUCHE, IL N'Y A PAS DE QUOI "DISCUTER", TU NE CROIS PAS ?

DIRE QUE J'ÉTAIS TOUT CONTENT À L'IDÉE DE REVOIR NANRI... TOUT ÇA POUR CE GENRE DE DISCUSSION ?
ET PUIS POURQUOI ON EST TOUS ASSIS EN RANG D'OIGNONS ?
PA... PARDON...
ELLE SOUFFRE, ALORS... RÉPONDS SÉRIEUSE-MENT !
MOI AUSSI, J'AIMERAIS PARLER DE MES PRO-BLÈMES D'AMOUR !
SURTOUT AVEC TOI, NANRI !
ÇA TE DIRAIT D'ALLER QUELQUE PART ENSEMBLE UN DE CES JOURS ?
SI C'EST À LA BIBLIO-THÈQUE, ÇA ME VA.
TSS !
COMMENT VEUX-TU QUE JE SACHE S'IL AIMERAIT QUE TU PRENNES L'INITIA-TIVE OU NON ? JE NE SUIS PAS KIRIYA, MOI ! JE N'EN SAIS RIEN !
TU DEVRAIS LUI POSER DIRECTE-MENT LA QUESTION !

DIS, À PROPOS DE NOTRE DISCUSSION DE TOUT À L'HEURE...
ET SI TU POSAIS LA QUESTION À UN COPAIN DE KIRIYA ?
HEIN ?
COMME USAMI ?!
CE GENRE D'INFO, MIEUX VAUT LE DEMANDER À DES GARÇONS, C'EST PLUS RAPIDE !
ALLEZ !
HEIN ? MAIS...
JE NE PEUX PAS PARLER DE MA VIE PRIVÉE !
TU M'EN PARLES À MOI !
C'EST PAS PAREIL !
HERE WE café across
ET ?
QU'EST-CE QUE VOUS VOULEZ QUE JE FASSE ?

2nd dizziness
[dew:]
IN STORE NOW
酒宴 6F
SPIRIT/GUT 5F
DNA
Ce sont les photos de M. Takagi !
C'est le morceau de la VP de l'autre fois...?
QUOI ? TU AIMES CE GROUPE ?
OH OUI. J'AIME BEAUCOUP LEURS CHANSONS.
HUM... IL Y A UN BEAU MEC DANS LE LOT ?
BOF, ILS SONT NORMAUX ...

Day
PATAPOUUM
OH MAIS ! POUSSEZ-VOUS DE LÀ !
VRAIMENT ! LES JEUNES D'AUJOUR-D'HUI SONT SANS GÊNE !
PAS VRAI, MON BÉBÉ ?
...
Vieille bique !
C'EST VRAI QUE C'EST PRATIQUE DE N'AVOIR QU'UN CHO-COLAT À OFFRIR !
OUI, JE SUIS VRAIMENT CONTENTE DE N'EN AVOIR QU'UN.
Ah...

...
SI TU VEUX LUI FAIRE DES AVANCES, POURQUOI TU NE LUI OFFRES PAS UN JOUET D'ADULTE ?
Vas-y franco !
JE SUIS DÉBUTANTE, MOI.
DES CHOCOLATS À DEUX SOUS !
QUELLES RADINES !
MOI, JE DOIS EN DONNER À TELLEMENT DE GARÇONS QUE LE CHOIX EST TERRIBLE !
T'étais là, toi ?
C'EST FACILE QUAND ON N'EN A QU'UN À OFFRIR...
BLINK
...

APRÈS L'AVOIR FAIT UNE FOIS, TU T'ES ÉVEILLÉE AU PLAISIR DE LA CHAIR ...?
CE N'EST PAS ÇA DU TOUT !
On ne l'a pas fait ! Je ne sais même pas encore si c'est bon ou pas !
EST-CE QUE JE L'AI FAIT ATTENDRE TROP LONGTEMPS ? J'AI L'IMPRESSION QUE KIRIYA ESSAIE DE GARDER SES DISTANCES...
AAAH ?
MÊME SI JE VEUX PRENDRE L'INITIATIVE, J'AI DU MAL À L'EXPRIMER TELLEMENT JE SUIS GÊNÉE...
IL N'Y AURAIT PAS UN MOYEN ...?
JE VOIS...
IL EST MARRANT, CE CHOCOLAT !
ET SI TU L'ACHETAIS POUR KIRIYA ?
Tu m'écoutes ?
JE CROIS QUE JE PRÉFÉRERAIS LUI FAIRE DES CHOCOLATS MOI-MÊME.
C'EST MON PREMIER SAINT-VALENTIN AVEC QUELQU'UN...
J'ai peur qu'il doute de mes sentiments si je lui offre du chocolat acheté en boutique...

T'ES SINISTRE !
C'EST BIENTÔT LA SAINT-VALENTIN, TU SAIS ? LE GRAND ÉVÉNEMENT ? T'ES LUGUBRE !
DIS, À TON AVIS...
TU TROUVES BIZARRE QU'UNE FILLE PRENNE L'INITIATIVE...?
TU VEUX PARLER DE SEXE ?
GULP
TU ES DEVENUE ACCRO AU SEXE, KARIN ?
HUM

OUI...
Saint Valentine's Day
Valent Da
Valent FE
ILS ONT L'AIR TROP BONS ! ♡
JE PRÉFÉRERAIS TOUT MANGER PLUTÔT QUE DE LES DONNER À DES GARÇONS QUI NE COMPRENNENT MÊME PAS LA VALEUR DU CHOCOLAT !
BON, QUE DIRAIS-TU DE NOUS EN ACHETER ?

POUR LE VOYAGE DE CET ÉTÉ, J'AI DONNÉ LA PERMISSION À KARIN PARCE QU'ELLE AVAIT FAIT BEAUCOUP D'EFFORTS.
MAIS JE ME SUIS DIT QUE C'ÉTAIT TRÈS INCORRECT DE LA LAISSER PARTIR SANS PRÉVENIR SON PÈRE, QUI ÉTAIT ABSENT À CAUSE DE SON TRAVAIL.
JE SAIS QUE C'EST ARBITRAIRE, MAIS EN TANT QUE MÈRE, JE N'AIME PAS DU TOUT L'IDÉE QUE MA FILLE PASSE LA NUIT AVEC UN GARÇON.
NE TE MÉPRENDS PAS, JE NE VOUS INTERDIS PAS DE SORTIR ENSEMBLE.
JE VEUX JUSTE QUE VOUS N'ALLIEZ PAS PLUS LOIN TANT QUE VOUS SEREZ ENCORE LYCÉENS.
SI TU L'AIMES, TU POURRAS ATTENDRE, N'EST-CE PAS ?
TU ME COMPRENDS ?
...

POUR CETTE FOIS, JE SAIS QUE CE SONT LES CIRCONSTANCES QUI VOUS ONT OBLIGÉS À PASSER LA NUIT À L'HÔTEL, ALORS, JE NE DIRAI RIEN.
MAIS J'AIMERAIS VRAIMENT QUE VOUS AYEZ UNE RELATION D'ADO-LESCENTS QUI NE ME DONNE PAS DE RAISON DE M'INQUIÉTER.
ALORS, DORÉNA-VANT...
... ÉVITEZ LES VOYAGES QUI VOUS OBLIGENT À PASSER LA NUIT ENSEMBLE.
HEIN ...?
JE SUIS D'ACCORD POUR QUE KARIN ET TOI, VOUS VOUS FRÉQUENTIEZ ET JE VEUX BIEN CROIRE QU'IL NE S'EST RIEN PASSÉ CETTE FOIS-CI... MAIS COMME C'EST ARRIVÉ À L'IMPROVISTE, NOUS ÉTIONS TRÈS INQUIETS.
JE SUIS VRAIMENT DÉSOLÉ DE VOUS AVOIR CAUSÉ DE L'INQUIÉTU-DE...

Pourtant, moi aussi, j'aimerais prendre l'initiative d'embrasser Kiriya…
KIRIYA !
J'AIMERAIS TE PARLER…

...
"SI C'EST POUR MOI QUE TU TE FORCES, CE N'EST PAS LA PEINE."
Je ne me...
... force pas...
... du tout...
C'est parce qu'à chaque fois que l'ambiance s'oriente vers le sexe, je suis sur la défensive...
Et au final, c'est probablement moi qui oblige Kiriya à garder ses distances.

SHA
...
J'ai ta boucle d'oreille. Viens la chercher !
Photographer
高樹真二
Shinji
Monsieur Takagi a ramassé ma boucle d'oreille...
Comment ça se fait que ce soit lui ?
Où est-ce que j'ai bien pu la perdre ?
Mais je suis soulagée qu'elle ait été retrouvée avant que Kiriya ne s'aperçoive de quoi que ce soit.
Même si je m'en veux un peu de penser comme ça...

KARINO

J'ai ta boucle d'oreille. Viens la chercher !
Photographer
高樹 真二
Takagi
Shinji

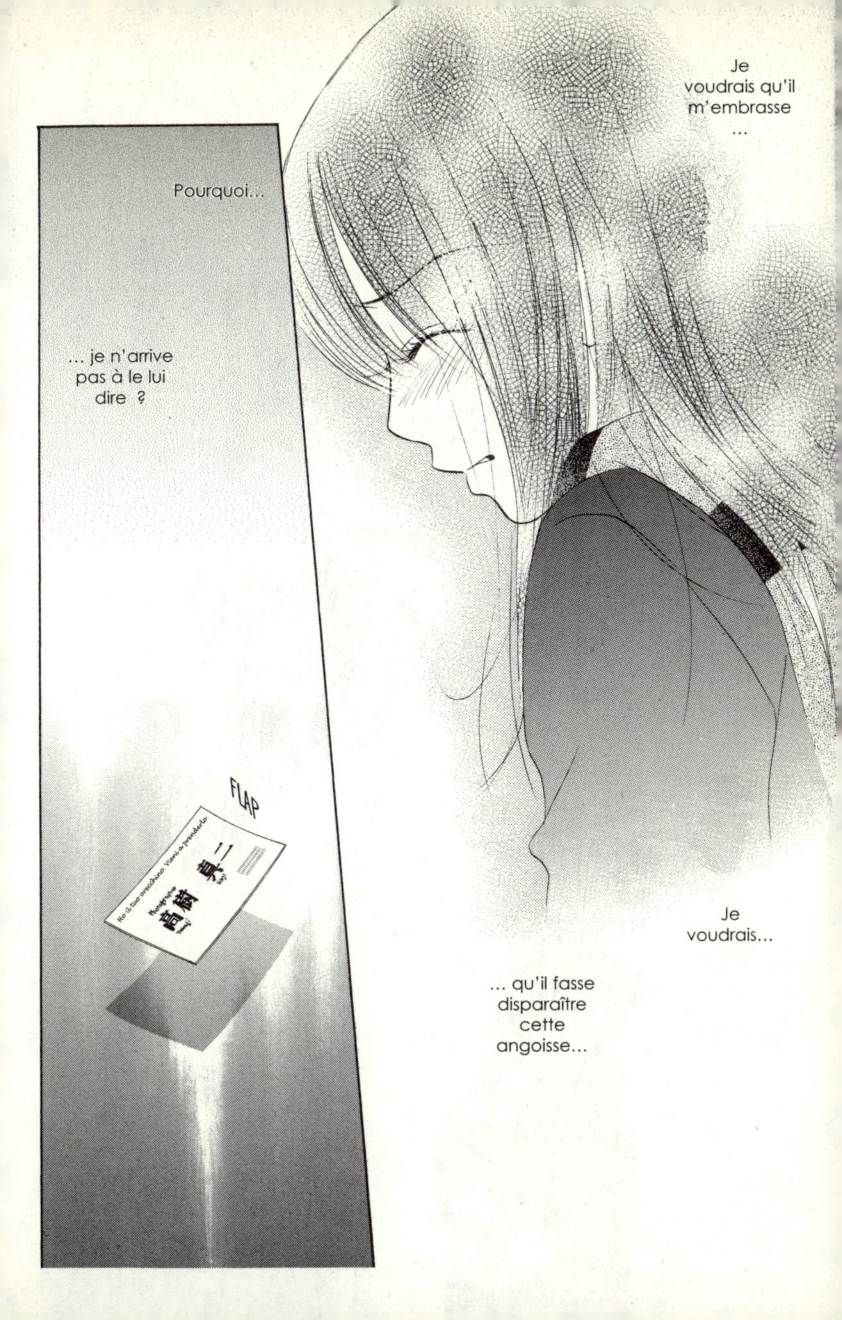
Je voudrais qu'il m'embrasse …
Pourquoi…
… je n'arrive pas à le lui dire ?
FLAP
Je voudrais…
… qu'il fasse disparaître cette angoisse…

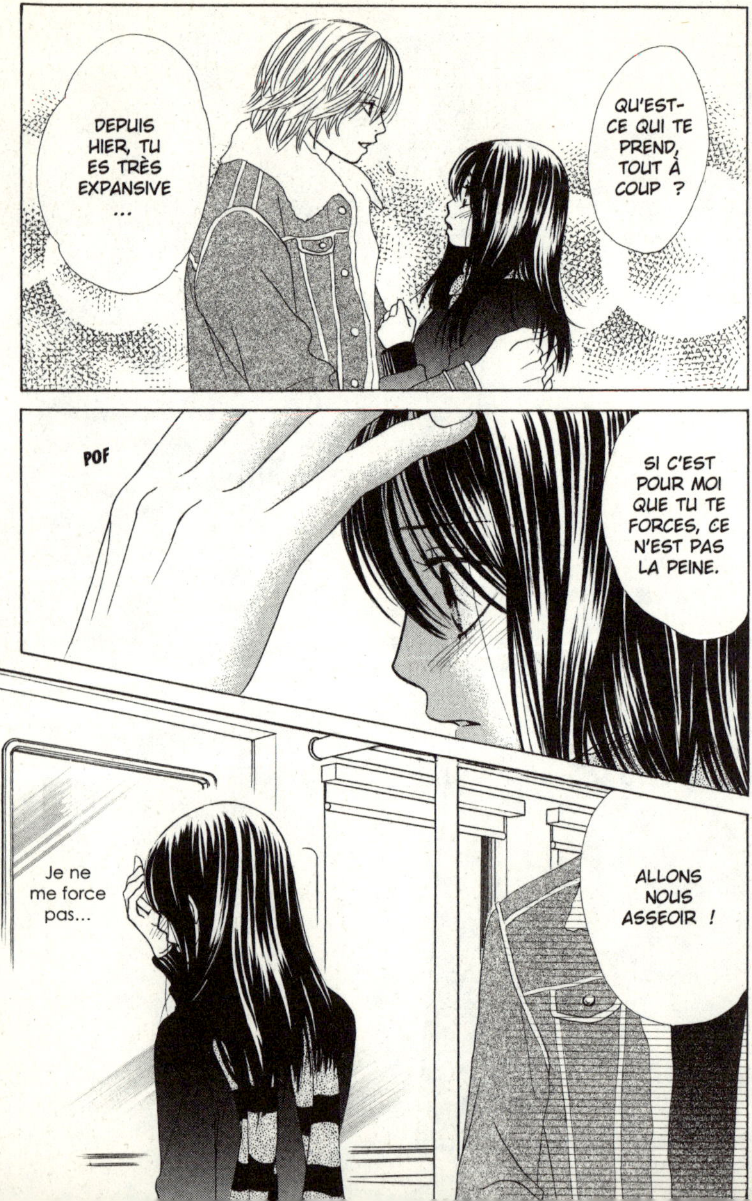
QU'EST-CE QUI TE PREND, TOUT À COUP ?
DEPUIS HIER, TU ES TRÈS EXPANSIVE ...
POF
SI C'EST POUR MOI QUE TU TE FORCES, CE N'EST PAS LA PEINE.
ALLONS NOUS ASSEOIR !
Je ne me force pas...

Embrasse-
moi...
...

Comment faire...?
...
EM...

HEIN...?
Pourquoi ?
Moi qui croyais qu'on était devenus plus proches...
Qu'est-ce qui me manque ?
Comment faire pour franchir ce fossé qui nous sépare ?

Tu n'as rien à me dire ?
...
...
Pourquoi es-tu allé voir Shoko ?
Est-ce que tu me crois incapable de soulager ton cœur ?
Tu n'as pas confiance en moi ?
Pourquoi Shoko ?

RAAH ! IL M'ÉNERVE...
Avec ses grands airs !
ALLONS ! ALLONS !
...
GATAM
GATAM
DIS... KIRIYA...
MH ?

SAUF QUE YUJI N'ÉTAIT PAS DU GENRE À BALANCER DES VACHERIES, LUI.
PFF
AH, KARIN !
VOICI MA CARTE DE VISITE. APPELLE-MOI QUAND TU VEUX !
SI ÇA TE TENTE, JE TE METTRAI EN CONTACT AVEC DES AGENCES DE MANNEQUINS.
EUH...
ENFIN, MÊME SI ÇA NE TE TENTE PAS, J'ADORERAIS QUE TU ME TÉLÉPHONES.
DÉSOLÉ, C'EST L'HEURE.

MERCI POUR TOUT !
JE T'APPELLE DÈS QUE MON TRAVAIL ICI SERA TERMINÉ.
AVEC UN PEU DE CHANCE, ON SE REVERRA DANS LE MÉTIER, MAIS BON... ALLEZ, COURAGE !
JE NE ME RAPPELLE PAS VOUS AVOIR DEMANDÉ DE VENIR NOUS DIRE AU REVOIR À LA GARE.
Et pourquoi vous me serrez la main ?
AH AH AH AH
NON, VRAIMENT, LA RESSEMBLANCE EST FRAPPANTE... AVEC YUJI.
MÊME DE VISAGE.
GRR

JE SAIS QU'IL NE TE DIT RIEN MAIS S'IL DEVAIT LUI ARRIVER QUOI QUE CE SOIT, J'AIMERAIS VRAI-MENT QUE TU LE SOUTIENNES DE TOUTES TES FORCES.
D'ACCORD ?

Hier soir ?
Hier soir, c'était...
... À ce moment-là ?
... QU'IL EST ALLÉ VOUS VOIR DANS VOTRE CHAMBRE ?
EUH...
ÇA VEUT DIRE...
AH...
ÉCOUTE, KIRIYA ET MOI SOMMES COMME FRÈRE ET SŒUR, ALORS, NE TE FAIS AUCUN SOUCI !
IL EST SEULEMENT VENU DISCUTER DE SON AVENIR AVEC MOI.

OUI, IL NE T'A RIEN DIT, KARIN ?
NON... RIEN DU TOUT.
AH, BON ? IL NE VOULAIT PROBABLEMENT PAS T'INQUIÉTER.
EN FAIT, HIER, J'AI MONTRÉ LES PHOTOS D'AOI À TAKAGI...
... ET APPAREMMENT, AOI A ENTENDU NOTRE CONVERSATION...
LA CRITIQUE A ÉTÉ ASSEZ SÉVÈRE, ALORS, J'AI PEUR QU'IL NE SOIT DÉMORALISÉ...
Ah...
HIER SOIR, IL EST VENU DISCUTER AVEC MOI...
... MAIS JE CROIS QUE CE QUE LUI A DIT TAKAGI LUI A FAIT UN SACRÉ CHOC.

MONSIEUR TAKAGI !
QUI EST CETTE FILLE ?
ELLE ? C'EST UNE AMIE DE SHOKO. C'EST UNE LYCÉENNE VENUE ASSISTER AU TOURNAGE.
ELOIGNONS-NOUS UN PEU PAR LÀ.
AH ? ELLE EST VRAIMENT JOLIE...
...
KIRIYA EST TOURMENTÉ ?

...
Il est jaloux...?
KARIN, JE PEUX TE PARLER ?

ÇA Y EST, TAKAGI REFAIT DES SIENNES !
IL SE PLAINT POUR UNE GOUTTE D'EAU ET LA MOINDRE FEUILLE DE TRAVERS !
ET MÊME POUR UNE SEULE IMAGE D'UN PLAN QUI NE DURERA QU'UNE SECONDE !
MÊME POUR UN PLAN D'UNE SECONDE ...?
Il est vraiment classe quand il travaille...
Je ne devrais peut-être pas penser ça...

ON DIRAIT UN AUTRE HOMME QU'HIER !
ÇA, C'EST LE VISAGE DE SHINJI TAKAGI LE PROFESSIONNEL.
J'AIMERAIS BIEN QUE CE FICHU CIEL S'ASSOMBRISSE ENCORE UN PEU ! ÇA NE CORRESPOND PAS À L'IMAGE D'OBSCURITÉ QUE JE VEUX DONNER !
ON POURRAIT MODIFIER ÇA À L'ORDINATEUR PLUS TARD ?
MAIS ON N'A PAS LE TEMPS, LE PLANNING EST...
PAS QUESTION ! JE VEUX UNE OBSCURITÉ NATURELLE. COMME ON EN VOIT JUSTE AVANT QU'IL NE SE METTE À PLEUVOIR.
OK, JE VAIS REGARDER LA MÉTÉO.
C'EST LA PUB DU DEUXIÈME MORCEAU DU GROUPE DEPUIS SON LANCEMENT, NON ?
LA PREMIÈRE EST TOMBÉE JUSTE, ALORS, IL FAUT FAIRE ENCORE PLUS ATTENTION POUR LA DEUXIÈME.
CE CLIP SERA LE VISAGE DU GROUPE POUR LE PUBLIC. IL FAUT À TOUT PRIX QUE ÇA MARQUE L'ESPRIT DES GENS. PAS QUESTION DE SE RELÂCHER !
SI ÇA VOUS POSE UN PROBLÈME, ALLEZ VOIR QUELQU'UN D'AUTRE !
VOUS VOUS COMPORTEZ VRAIMENT COMME UN ENFANT...

Ok !
COUPEZ !
COUPEZ !
COUPEZ !
KPOW
TOI, L'ÉCLAIRAGE EST TROP VIOLENT ! JE T'AI POURTANT DÉJÀ DIT DE VISER CINQ CENTIMÈTRES À DROITE ! ARRÊTE DE ME FAIRE BOUGER ! ET ARRÊTE DE BOUGER !
ON LA REFAIT !

BDUM BDUM
DITES DONC !
J'AI RIEN FAIT !
Rien !
PAS DE TRIPOTAGE INTEMPESTIF DANS MA VOITURE !
Non mais, dis !
AH...
C'EST VRAI QUE TU ES CÉLIBATAIRE, TOI !
QUOI ? RÉPÈTE !
AH!
QU... QUOI ?!

SHAA
Ma boucle d'oreille !

Que...
Que faire ?
Crispation !
Ah...
...
Mais...
... ça ne me déplaît pas...

Mais je peux bien lui faire un petit bisou…
C'est mauvais pour la santé de trop se retenir !
Hein… ?
Quoi ?
C'est…
C'est pas vrai !
Il va…
… m'embrasser ?
Shoko est juste devant !!

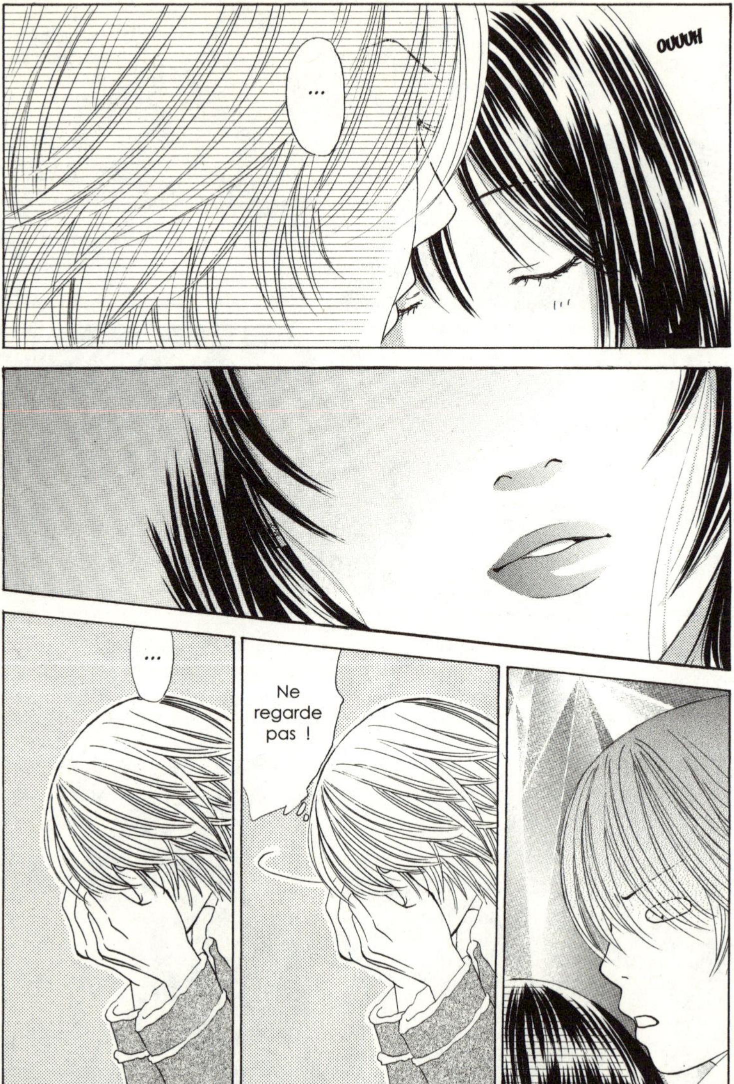
OUUUH
...
Ne regarde pas !
...

Il pèse une tonne ♪...
Mais il est chou. Alors, je lui pardonne.
Et puis ça me fait plaisir...

Bah
quoi...?
Kiriya
aussi avait
sommeil.

EH BIEN, AUJOURD'HUI, IL FAIT UN CLIP POUR UNE VP.
UNE "VP", C'EST UNE VIDÉO PUBLICITAIRE, C'EST ÇA ? C'EST POUR QUI ?
TU CONNAIS DEW ? C'EST UN GROUPE QUI A FAIT SES DÉBUTS L'ANNÉE DERNIÈRE.
C'EST UNE VP POUR LEUR DEUXIÈME CHANSON.
JE CONNAIS ! LEUR PREMIER MORCEAU A FAIT UN CARTON ! ♥
Impressionnant !
J'suis inculte !
Buff...
AUJOURD'HUI, IL FILME UNE SCÈNE SANS PERSONNE... ALORS, TU NE POURRAS PAS LES RENCONTRER.
AAAH, QUEL DOMMAGE...
Hi ! Hi !
LA PROCHAINE FOIS !
JE SUIS DÉSOLÉE QUE TU TE RETROUVES COINCÉE ICI AUSSI, KARIN. JE SAIS QUE TU ESPÉRAIS FAIRE L'ALLER-RETOUR DANS LA JOURNÉE.
Ah !
ÇA NE ME DÉRANGE PAS DU TOUT !
POF
KIRIYA ET MOI N'AVONS QUE RAREMENT L'OCCASION DE PASSER AUTANT DE TEMPS ENSEMBLE...

LE CIEL EST TOUJOURS AUSSI NOIR MAIS AU MOINS, LA PLUIE S'EST ARRÊTÉE !
VOUS AVEZ BIEN DORMI ?
OUAIS. UN VRAI COMA.
J'AI DORMI SANS VRAIMENT DORMIR ...
C'EST L'UN OU C'EST L'AUTRE ?
C'est quoi cette différence de réaction ?
AU FAIT, QU'EST-CE QU'IL FILME MONSIEUR TAKAGI ?
...

TU PEUX REGARDER SI TU VEUX MAIS ÉTEINS LA LUMIÈRE...
Ça me gêne.
HMF...
...
BLAM
T'ES BÊTE OU QUOI ?!
Cette situation est vraiment trop mauvai-se pour ma santé !
Heureuse-ment que j'ai réussi à me rete-nir la nuit dernière.
J'ai les yeux injectés de sang !
Bah quoi ! Il est en forme ! Dire que moi je n'ai pas fermé l'œil de la nuit !

Ils sont injectés de sang...
Mes yeux...
'JOUR...
TSACK
Fuaaah...
BONJOUR !
...
Ce silence est vraiment pesant ...

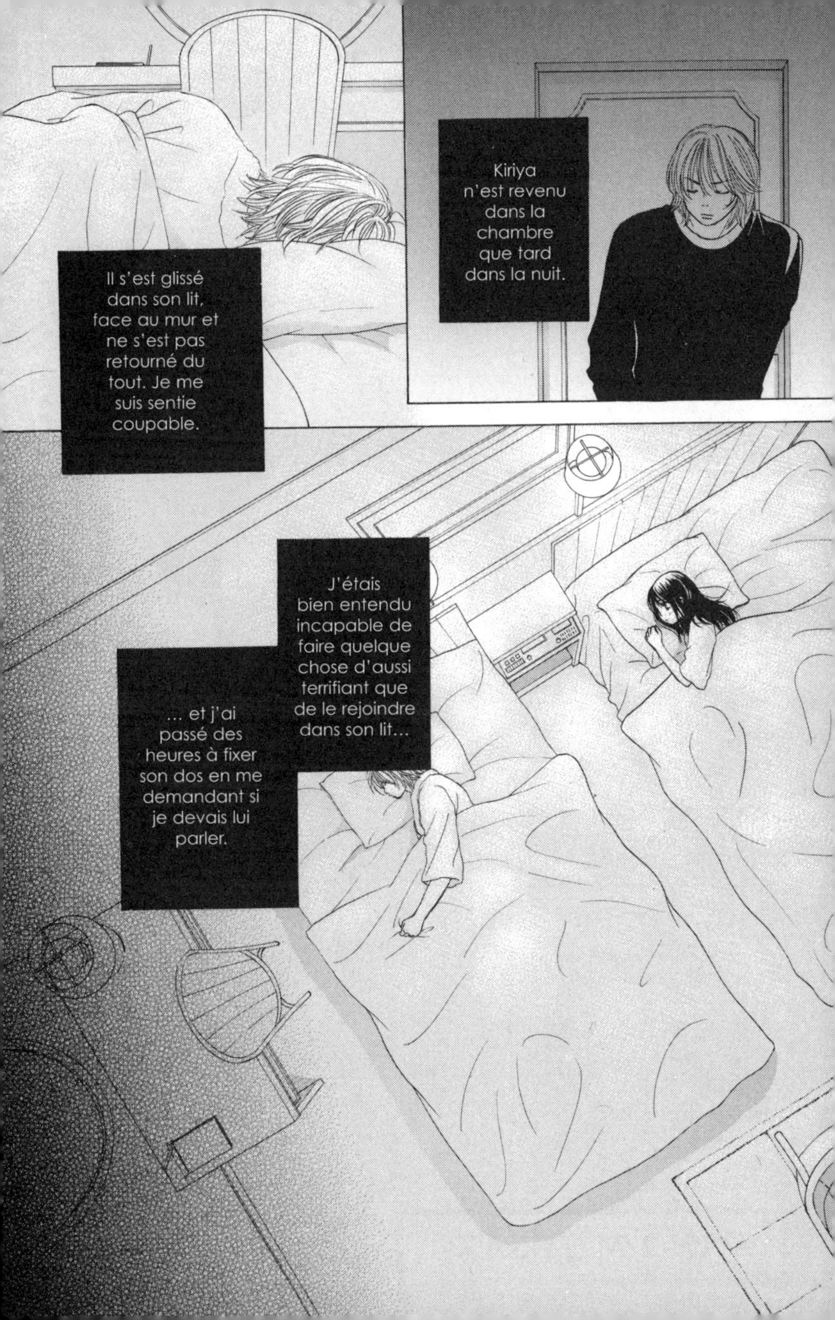
Kiriya n'est revenu dans la chambre que tard dans la nuit.
Il s'est glissé dans son lit, face au mur et ne s'est pas retourné du tout. Je me suis sentie coupable.
J'étais bien entendu incapable de faire quelque chose d'aussi terrifiant que de le rejoindre dans son lit…
… et j'ai passé des heures à fixer son dos en me demandant si je devais lui parler.

KAHO MIYASAKA

kare first love
6

Personnages

Karin Karino

Elle est en classe de seconde dans un lycée pour jeunes filles. Les garçons la mettaient très mal à l'aise jusqu'à ce qu'elle rencontre Kiriya…

Kiriya Aoi

Il va au lycée voisin de celui de Karin. Il vit seul et est passionné de photographie.

Shoko Akiba

La femme de Yuji, le frère aîné photographe de Kiriya mort il y a quelques années.

Nanri Ayase

Camarade de classe de Karin. Elle vient de rompre avec son petit ami, un homme marié.

Shinji Takagi

Célèbre photographe au style très riche et varié. Yuji et lui étaient les disciples du même maître.

Introduction

Afin de ne pas avoir à fréquenter les garçons, qui la mettent mal à l'aise, **Karin Karino** s'est inscrite dans un lycée pour jeunes filles. Pourtant, un beau jour, dans le bus qui la mène au lycée, elle rencontre **Kiriya** et tombe amoureuse de lui ! **Yuka**, une de ses camarades de classe, veut qu'elle l'aide à séduire Kiriya, mais grâce à **Nanri**, qui fait tout son possible pour les réunir, Karin et Kiriya commencent à sortir ensemble. Pendant l'été, Karin, Kiriya, Nanri, **Hiromu** et **Tooru** partent ensemble en vacances à Okinawa. Mais à cet endroit, la mer est pleine de souvenirs douloureux pour Kiriya car c'est là que Yuji, son frère aîné, est mort noyé. Kiriya et Karin passent la nuit ensemble, mais la jeune fille, très gênée, boit trop d'alcool et s'effondre. Le matin arrive sans qu'il ne se soit rien passé entre eux… Peu de temps après, le père de Karin, qui vit d'ordinaire sur son lieu de travail, revient chez lui. Il découvre alors la relation de sa fille avec Kiriya et s'y oppose farouchement. Cependant, le soir de Noël, Kiriya vient apporter son cadeau à la jeune fille. Quelques jours plus tard, après une rencontre fortuite entre la famille Karino et Kiriya, le père de Karin finit par accepter que les jeunes gens sortent ensemble. Un week-end, alors que le couple est invité sur le plateau d'un photographe que Kiriya admire énormément, ils se retrouvent pris au beau milieu d'une tempête…

KAHO
MIYASAKA
Kare first love 6
Histoire d'un premier amour